사랑한다면

⌄ 사십편시선 001

사랑한다면 조재도 시집

2012년 1월 9일 제1판 제1쇄 인쇄
2012년 1월 16일 제1판 제1쇄 발행

지은이	조재도
펴낸이	강봉구

기획	사십편시선 편찬위원회
책임편집	김윤철
마케팅	윤태성
디자인	page9
인쇄제본	(주)아이엠피

펴낸곳	작은숲출판사
등록번호	제313-2010-244호
주소	121-894 서울시 마포구 합정동 367-9
전화	070-4067-8560
팩스	0505-499-8560
홈페이지	http://littlef2010.blog.me
이메일	littlef2010@naver.com

© 조재도

ISBN 978-89-965430-6-0 03810
값 8,000원

이 도서의 국립중앙도서관 출판시도서목록(CIP)는 e-CIP 홈페이지(http://www.nl.go.kr/
ecip)와 국가자료공동목록시스템(http://www.nl.go.kr/kolisnet)에서 이용하실 수 있습니다.
(CIP 제어번호 : CIP2011002918)

ㅅㅅ 사십편시선

001

사랑한다면

조재도 시집

작은숲

| 차서 |

여덟 번째 시집입니다.

시민詩民이 소멸해 가는 시대,

철근 도막을 갈아 바늘을 만드는 심정으로 시를 썼습니다.

40편만 싣겠다는 기획 의도가 좋았습니다.

:

:

이제야 많은

무거운 것들을 내려놓습니다.

하지만 깃털아,

너무 하늘 높이 날아가진 마렴.

2012년 1월

조재도 삼가

차
례

제❶부

제 2 부

제 3 부

제4부

제

①

부

겨울
나무

깡깡 언 나무를 맨손으로 만져본다
사나흘 강추위에 목이 부러진 것들이다
사람도 겨울나무처럼 얼어붙을 때가 있다
이듬해 봄 해 발끈 떠
얼음장 아래 푸른 물 어룽어룽 흐르면
갈라터진 껍질 찢고 걸어 나오는 사람 있다

그늘

뒤울안 풀숲 청개구리 한 마리 납작 엎드려 있다, 토
란잎 그늘이다
　물살에 부대낀 붕어 지느러미 반쯤 접고 도름도름 떠
있다, 수초 밑 그늘이다
　햇볕 쟁쟁
　사람들 일손 놓고 아 - 흠 하품하며 쉬고 있다, 정자
나무 밑 그늘이다
　뙤약볕에 제 몸 둥그렇게 부풀리고 있는 느티나무를
　고요히 떠받들고 있는 그늘
　물방울 톰방톰방 떨어지는 우물은 갈증의 그늘이다
　그늘에 기대어 살아가는 것들
　그늘에 앉아 쉬었다 가는 것들
　쉰두 해 살아온 내 인생은
　앞으로 살아갈 내 생의 그늘이다

도둑
고양이

숯불갈비 집
국밥에 소주 한 잔 하고 있는 집
카운터의 주인 사내
컴퓨터에 얼굴 처박고 있는 집
등 뒤에서
자분자분 밤비 오는 소리로
젊은 엄마가 아들에게 공부 가르쳐주고 있는 집
TV도 저 혼자 소곤대는 집
제각기 조용해서 더 조용할 게 없는 집
주방에, 이층에서 내려온 주인 집 딸 아이
살금살금 내려와
먹을 것 잽싸게 움켜쥐고
다시금 살금살금 올라가는 집

봄산

산기슭에 웅긋쭝긋 모여 있는 사람들
죽은 이를 들어 모실 구덩이 앞입니다
두 손 여민 채 모두 주검을 향해 서 있지만
아랑곳없이
꼬마들만 봄볕에 취해 있습니다
생의 북쪽을 떠돌았던 망자(亡者)에게 지어준 집인지라
따뜻합니다 솜이불처럼

꼬마들 깔깔대며 뛰놀며 새로 돋는 만 개의 나뭇잎을
흔들어 댑니다. 까르르 깔깔, 마구마구 출렁이는 연둣빛
산. 주검을 향해 있는 노인의 지청구에 움찔하면서도 신
이 났습니다. 오늘 하루 그대로 소풍입니다

세월은 조금씩 조금씩
물살에 쓸리는 모래알처럼

구덩이가 사람들을 구덩이 속으로 밀어 넣을 것입니다
봄은 푸르고
개나리꽃 웃음을 문
아이들이 노는 곳에
햇볕이 남향집처럼 다보록히 쏟아집니다

통 큰
사랑

연정에 겨운 산이 발치 아래 흐르는 처녀 강에게 오백 년도 더 된 활짝 꽃핀 이팝나무 한 그루를 뿌리째 뽑아, 옛쑤! 사랑허우 하며 꽃다발을 건네자, 처녀 강이 샐쭉 눈 흘기며 그 꽃다발 받아 안아 햇볕 쟁알대는 강 물낯에 흔들샌들 비추어 보는, 그런 사랑 한번쯤 해봤으면 좋겠네

소1

가난과 무지를 끝까지 책임지겠다는 듯이 어머니는
형을 오래오래 보듬었다
니들한테 폐 안 끼친다, 내가 난 자식 내가 거둬야지
그런 날이면 마당가 옥수수 밭에 우수수 이슬 맺히었다
지는 해 노을 속을 타박타박 걸어 들어갔다

개 같은 가난과 무지가 망가뜨린
형을 어머니는 52년 동안 돌보았다
한 번도 생의 그늘 밀어낸 적 없었다

소 같은 자식과
자식 같은 소, 라는
말이 있었던 시절

소의 눈처럼

대책 없이 눈만 큰 사람이 있었다

소2

서윤기 씨

서윤기 씨는 알콜 중독에 지체 장애 2급이다. 다리 하나는 뻣뻣한 플라스틱 의족, 중독의 술기운은 시설에 있으면서 많이 가셨다. 형이 사랑의 집에 들어간 후 나의 가장 큰 걱정은 형의 똥 오줌을 누가 받아낼 것인가 하는 거였다. 또 형이 적응을 못해 집에 간다고 막무가내로 걸어 나오면, 그러다 사고라도 나면, 또 행불이라도 되면 어떡하나 하는 것이었다.

걱정에 가슴이 간장 졸 듯 시커멓게 졸아들었다.

형의 유일한 친구 서윤기 씨. 면회차 가 보면 널찍한 방에 형과 서윤기 씨 둘이 있었다. 형은 벽 쪽에 요 깔고 누워 있고 서윤기 씨는 플라스틱 의족을 빼놓고 성한 다리 쭉 편 채 멍하니 방에 앉아 있었다.

– 먹는 걸 워치게 잘 먹는지 몰러. 그거 하나 좋아. 물도 주면 목마른 소가 구정물 들이켜듯 벌컥벌컥 한 대접 다 먹어. 햐튼 잘 먹어서 좋아. 그럼! 이렇게 생긴데다 먹는 거까지 션찮어 봐. 더 밉상이지.

많이 먹고 많이 쌀 것을 걱정하는 내 앞에서 서윤기 씨는, 그렇지 친구? 하며 형의 어깨를 흔들었다. 함박꽃 웃음이 벽지마다 환하게 피어올랐다.

나오면서 만 원짜리 몇 장 쥐어주면, 이런 거 여기선 필요읎어, 담배나 있으면 몇 개피 줘, 뻗장다리 뻣뻣하게 끌고 나오며, 걱정 마, 내가 있는데 뭘, 안절부절 못하는 내 마음까지 다독이던 그.

어머니가 되어 준 그와의 만남을 인연이라 해야 할

까 은총이라 해야 할까, 아니면 얄궂은 운명의 테러라
고 해야 할까.

소3

그가 우리 곁을 오래오래 다녀갔다
깊고 둥근 발자국을 우리들 가슴에 새겨 놓았다
그가 떠나던 날
그는 말하지 못하는 입으로
평생 나로 하여 많은 이들이 아팠을 것이다
말하는 것 같았다, 어느 날 그는
빈 외양간의 소처럼 우리 곁을 떠났다
비가 내렸다, 어머니 눈물처럼 빗방울은 굵고
우린 삽으로 구덩이를 팠다, 구덩이 속 어둠 대신
빗물이 고였다, 어머니 무덤 가 향나무 심고
그를 묻었다, 여기까지 끌고 온 지상에서의 삶이
마침표처럼 찍힌 구덩이였다
곰국처럼 흐린 일생 위에서
다시 곰국처럼 흐린 일생 밑으로
그가 내려가고 있었다

침묵을 한 조각씩 나눠 문 우리들은 말이 없었다
괜찮다 괜찮다, 등을 두드리며 쏟아지는 빗줄기에
우리의 은빛 눈물이 흘러들고 있었다
못 견딜 고통은 아니었고
흙을 메우는 마음은 담담했다
둥근 발자국을 그리며 죽어 가는 빗방울처럼
우리도 어디론가 흘러가고 있었다
이제 그가 떠난 자리를 견디어내는 것
그것이 우리에게 남은 우리들의 몫이었다

먼 산 밖으로
뭉툭한 우뢰가 지나가고 있었다

소 4

집 떠나기 전날이나 아침
주인은 소에게 식사 대접을 융숭히 하였다
소가 푸우푸우 콧김을 내뿜으며 맛있게 여물을 자시
는 모습을 지켜보기도 하고
　가스라진 뿔을 쓰다듬으며 울멍한 눈길 보내기도 하
였다

　병원 침대에서
　형이 죽은 지 꼭 일 년 되는 날
　나는 형의 제사상을 시내 불타는 닭갈비집에 차렸다
　지인과 함께 술 한 잔 하는 자리
　주인에게 깨끗한 접시 부탁하여
　닭고기 야채 김치 등 술 안주 그대로
　한 점씩 집어 옆에 따로 놓았다

소주도 한 잔 따라 올렸다
이게 뭐냐는 앞 사람 말에
어 식혔다 먹으려고, 내가 말했다
가슴 밑께 소주만큼이나 맑고 찬 눈물이 어룽어룽 흘
렀다

주인이 소 대접하듯
노래방에 가서 노래도 불렀다
살아생전 내가 노래하면
빙긋이 웃으며 좋아하던 형
형의 일그러진 얼굴을 떠올리며
비 내리는 고모령을 소 울음소리로 불렀다

마음 속 제사상이 이렇게 차려졌다
제사 후 넋 달램의 노래까지 잘 불러주었다

식사를 배불리 마친 소가
닭갈비집과 노래방을 이리저리 둘러본 후
사기대접 같은 허연 눈을 꿈먹이며 어디론가 길을 떠
났다

까치
소리

참혹한 가을
노부부 떠난 지 세 해 되는 집 마당에 풀들이 철사 줄
처럼 완강히 엉키었다

사랑방 바람벽의 시계도 멈추었다
보얗게 흙먼지 뒤집어쓴 시간
담장 옆 감나무도 심심한지 열었던 감 저 혼자 떨구
었다

솥을 걸고 폐목을 때 국을 끓이던 자리
마당가 구석에 삭아가는 화덕

아직도 불붙이면
매캐한 연탄내
푸릇푸릇한 불꽃 일어 돼지고기 넓적 살 익을 것도

같은데

사람 없는 빈 집
아직 사람 기운 남아 있고
세월에 지워지는 곳곳의 흔적
집은 점차 말라깽이가 되어 간다

대문 밖 경운기 소리 탈탈대며 지나간다
갑자기 고추장에 마늘 찍어 막걸리 한 대접 들이켜
고 싶다
되는 소리 안 되는 소리 왁자지껄 지껄이고 싶다
그렇게 하루 해 저물리고 싶다

제
②
부

가을의 毒

독침을 품고 가을이 왔다. 놈은 은행나무 잎새에 비친 햇살처럼 투명하다. 어떻게 왔는지 나는 모른다. 다갈색으로 말라가는 나뭇잎에 숨어 왔는지, 쇠리쇠리 얇아가는 가을 햇살에 묻어 왔는지 모른다. 어느 날 문득 '아 가을!' 하고 탄식하는 순간, 가을은 독침을 품고 내게로 왔다.

독침에 찔린 내가 수척해진다. 고래의 뱃속에 삼켜진 요나처럼 동굴 속으로 미끄러진다. 알 수 없는 마성魔性의 힘이 나를 이끈다. 나무 위 벌레를 땅속으로 기어들게 하는 힘.

동굴. 그곳에서 나는 외부 세계의 적대성을 피하고 쉰다. 은밀히 자연으로 돌아가려는 본성을 받아들인다. 어머니 뱃속의 태아처럼 몸이 나른해진다. 반쯤 눈을 감고 내부를 응시한다. 낮은 짧고 밤이 길어진다.

　상처 입은 짐승처럼 나는 누워 있다. 반쯤 눈을 감고
태아 적 꿈을 꾼다. 해독제는 없다. 가을의 독에서 깨어
나기까지 나는 나의 독을 견뎌야 한다.

안서동
카페

어둠에 가라앉은 산, 유리잔에 붉은 술 방울이 튄다
왁자지껄이 싫은, 그러나 술이 좀 고픈 그러한 때
가슴 속 뒤엉킨 이야기 풀어내야 하는 때

그런 날이면 나는 통유리 너머 서성대는 둥근 빗방울
의 그리움처럼
그곳에 간다
똥 마련 사람이 화장실로 달려가듯
화장실에서 아랫배 움켜쥐고 오래오래 앉아 있듯
그렇게 마렵고도 고프게

이야기는 때로 휴지도 손수건도 닿지 못할
굵은 눈물방울로 풀리기도 한다

밤이 이슥토록 그곳에 앉아 있다 오는 때가 있다

엊그제 봄비 올 때 그곳에 다녀왔다

늘 그렇듯 그곳엔 둥근 탁자에 팔을 괴고 나를 기다
리는 사람이 있다

술이 고픈

가슴 속 뒤엉킨 이야기 서너 꾸러미 정도 되는

가재

속리산 문장대 푸른 하늘을 바위 날망에 걸어두고, 발
걸음에 닳은 돌계단을 내려와, 골짜기 어느 한 귀퉁이
잠시 쉬어가려 하는 참에 가재를 보았다. 앞뒤 물길 끊
기어 절해고도 같은 물웅덩이. 나뭇가지로 가라앉은 낙
엽 가만히 헤적이니 세상을 등진 듯 한가하게 고요와 침
묵 버무리며 살아가는 가재들이 기어 나와 스르르 바위
틈에 숨어버렸다.

숨어 사는 것들의 시린 흔적을 보았다

10월의
마지막
밤

그날은 참
이상도 하지, 떠나는 건 잎인데
뿌리가 울어
처음 보는 어둠 어둠 속으로
황망히 손 흔들며 그대는 가고
그래 난 내가 아니지

조금씩 망가져도 좋겠다는 사람들이 흘러 다니는 밤
서리 묻은 바람
전신주를 핥고
발아래 구르는
암갈색 니 – 힐

이 밤이 지나면
영원히 다른 밤이 오지 않을 것 같은

예감에 취해
(그런 예감에 속는다는 건 또 얼마나
…… 즐거운 일인가)

흘러가는 것들 따라 아주 멀리 흐르고 싶다
어둠에 싸인 마을 작은 불빛처럼
어디선가 속수무책으로 깊어지고 싶다
오래도록 누군가와 생生을 홀짝거리고 싶다

그날은 참
이상도 하지, 남은 건 뿌리인데
잎들이 울어
스산한 거리
잎의 가느다란 울음에 이끌려 가는
낮은 발목 발목들

참
오래고
오래한
생각

하느님이 전능하신 힘 모두 풀어 기러기 떼 날리고
있다

낮달 희미한 파아란 하늘 속 파도의 띠 같은 기러기
떼 날리고 있다

차 세우고 백주 대낮의 경이로움 바라본다
이맛살 찡그리며 혼신의 힘으로 가물대는 소리 쫓고
있다

하느님의 기러기 떼가 날고 있다

사람들, 하느님을 조금만 믿었으면 좋겠다
살아 있는 동안만의 하느님이었으면 좋겠다
죽음 앞에서 너무 호들갑 떨지 않았으면 좋겠다

기러기처럼
죽으면 죽음이 전부인 기러기처럼

이
문
구

오래된 술집 간판처럼 그의 어깨 한쪽이 비시감치 기
울었다. 마뜩찮은 세상에 삐뚜룸한 눈길 거둔 바 없으
나 까닭 없이 까탈스레 굴지 않았다. 남에게 아쉬운 소
리 하러 가다가도 곰곰 혼자 생각에 발걸음 돌려 돌아오
기 일쑤였을 사람. 여물도 콩깍지도 옥수숫대도 한 솥
에 넣고 삶아 물렁하게 고아지는 쇠죽가마가 되어……

시효 지나 이젠 어느 구석에 처박혀 있는지도 모를
말과 이름들에 아련한 향수를 느끼어…… 그걸 글로 써
…… 허나 그 일마저 부질없이 여기던 사람

그가 남긴 여러 말 중, 화장하여 골분骨粉을 관촌 소나
무 밭에 뿌리라던
마지막 말
생에 뒤끝을 두지 않겠다는

그 짤막한 말이
과연 이문구는 이문구로다, 하게 해 줍니다

그
강
가

삽들이 길을 내어 또랑을 이루고, 흐르는 물이 담장
낮은 마을 앞을 지나갑니다
하루 일 마치고 발을 씻는 이들의 무릎 밑도 지납니다
느릿느릿 암소의 마음으로 물은 그렇게 흐르고 흘러
강이 되고 자연이 되고 우리들 마음이 가 닿는 풍경
이 됩니다
바람 불면
파도소리 몰고 오는 키 큰 미루나무, 매미 소리
강변 마을 아득히 울려 퍼지던 수탉의 울음
그 강가
오래오래 사투리처럼 살아 온 이들이 떠나고
포크레인에 흙탕물
개발에 눈멀어 떠다니는
허연 거품, 거품들

봄
산에
든 후

신동엽 40주기를 추모하며

서둘러 그가 산에 든 후
언어의 속잎 새로이 피어났다

이른 봄 산을 연두 빛으로 물들이는
그가 피워낸 잎 잎새들

누구는 그에게서 연민의 눈빛을 읽고 가고
누구는 그에게서 빛나는 천재를 보고 가고
누구는 그에게서 반도의 우울 헤아려 보기도 하지만

나는
그의
무한천공에 일직一直으로 가 닿은
투명한 영혼이 좋다

헛것들이 끼어들 여지없는
비류직하의 잎 잎새들
혀끝에 대어 본 풀 먹인 삼베처럼
까끌까끌한 것들

조용히,
당신의 자리를
아래로 낮춘 곳*에
째릉째릉 울려나오는 것들

* 신동엽의 유고시 「좋은 언어」 2연

제

3

부

수
직

놓아기른 닭들은 영물인가

여름엔 제법 들로 산으로 쏘다니던 것들이
겨울이 되자 인가 쪽으로 내려온다
먹이 찾아 내려오는 산짐승 피해
마을로 마을로 가능한 가깝게 내려오는 것인데
그러다 어느 한 지점
짐승도 사람의 손도 닿지 않을
중립의 평화지대 그 어름에서
닭들은 나무에 오른다, 저녁이면 횃대에 오르듯
퇴화된 날개 원망하는 법 없이
비정규직 노동자처럼
불법체류자처럼
파다다다닥
푸덕 푸더더더덕

죽을 동 살 동 사력을 다해 발버둥치며
날아오른다, 이 가지에서 다음 가지로
모가지 쭉 빼 오를 방향 가늠한 후
눈알 두릿두릿 고개 갸웃갸웃
쭈뼛거리다 어느 순간 둔중한 몸 날려
기어오르는 것이다, 위로
더 위로, 수직의 벼랑 기어올라
목숨의 안전 도모하는 것이다

오늘도 나무에 오른 닭들이 솟대 끝에 매달린 새처럼
수직의 끝에 앉아
저녁 내 쏟아지는 눈발을 다 맞고 있다

개
싸움
저급한 사회 1

첫손으로 든 해장국 집
주인아줌마와 그 옆
나란히 붙은 다른 식당 아줌마 간에
싸움이 붙었다

으르르~ 아가가~ 아그르, 글 글
아갈가~ 와우 와~ 아르르~ 갈
으~~ 으아워~ 으르~ 으

한 치의 물러섬 없는
개 닛바디

"왜 네년 가게 앞에 내린 눈을 우리 집 앞에 쓸어부
쳤네?"
"저, 저년 주딩이 찢어졌다고 해대는 소리 좀 봐."

밥공기 들썩
투가리 깜짝

활랭이치는 식전 댓바람에
시퍼러둥둥 떠다니는
적의, 원한

가난한
집
저급한 사회 2

너네도 제사에 목을 매니

너네도 믿느니 마느니 하느님 놓고 싸우니

너네도 와장창 가구가 박살나니

아침이면 유리 조각 쓸어 담니

너네도 딸 넷에 아들 하나니

너네도 남편이 부인 패고 애 패니

너네도 눈물로 누워 섹스 하니

난
투극
저급한 사회 3

착하고 순해 자주 놀림감이 되었던
우리 반 봉구가 드디어 일을 내고 말았다
평소 말 한 마디 없이 교실 구석에
걸레자루처럼 처박혀 있던 봉구가
유난히 눈이 큰, 존재감 제로인 봉구가
한 놈의 아구창을 날린 것이다
난투극을 벌인 것이다
봉구는 아무리 보아도 우리와 좀 달랐다
감자 같이 데데한 얼굴에 곱슬대는 머리
우리가, 너 동남아 튀기지?, 손가락질하며 놀려도
그는 아니라고 했다, 끝까지 잡아떼어
우리를 헷갈리게 했다
'구'자 돌림에 아버지 한상진
엄마는 이영애라고 했다
탤런트 이영애하고 이름이 똑같다고 했다

그는 결코 친구를 집에 데려간 적이 없었다
그가 살고 있는 마을에 가 본 아이도 없었다
그의 입은 비밀 서류가 든 가방의 지퍼처럼
굳게 닫혀 있었다, 말없이
창 밖 어딘가를 더듬는 외톨이의 눈빛이
사각지대에 놓인 어둠 같았다
그런 그가 어느 날
한 놈의 아구창을 날린 것이다
감자 같은 얼굴이 순간 일그러지고
야수처럼 울부짖으며 물어뜯은 것이다
이 말 한 마디
너네 엄마 얼마 주고 사 왔어, 라는
비린내 나는 말 한 마디에

분재

저급한 사회 4, 폭력의 내면화

여린 나뭇가지 있는 힘 다해
견디고 있다 악착같다 나뭇가지도
나뭇가지를 비틀고 있는 철사 줄도
제 몸이 틀어질 정도로 견디고 있다
너무 오랫동안 내질러 이젠 들리지도 않는
비명, 세상엔 견딜 수 없는 고통보다
견딜 수 있는 고통이 더 많구나
놀라워라 죽을 힘 다해 견딘 인고의 끝
이제 뒤틀린 팔다리가 오히려 편함!

새

저급한 사회 5

내가 보아온 어느 새보다 더 큰 날개를 펄럭이는 현
수막
　지금이라도 당장 돈 보따리 움켜쥐고 구만리 장천長天
자본의 하늘 날고 싶어 안달인 새
　도온－, 돈!
　울부짖으며 바람에 펄럭거리는 저 새의
　날개에 묻어 있는 붉은 얼룩

'순결 보장. 베트남 처녀와 결혼하세요'

하얀 처녀막이 바람에 나부끼고 있었다
어느 우익의 서적보다 더 베트남을 모독하고 있었다
그래 이제 그만 새야
그 자리에서 내려오렴
자동차 뒷트렁크 연장통에서 면도칼을 꺼내

새의 배때지를 쫙 갈랐다

지
금도,
저급한 사회 6

한 사내가 소녀를 만졌다
처음엔 컴퓨터 마우스를 쥐듯 살그머니 손등을 쥐었다
그러다 이내 왁살스레 나꿔챘다

15년이 지난
지금도, 이따금
볼을 타고 흐르는 눈물에 말 못할 말이 잠기어 있다

친숙한 적
저급한 사회 7

가뜩이나 꼴찌한 놈 잡아다
성적 확인하고 싸인하라 들이미는
나는 그에게 무엇일까
친숙한 적?
하지만 우리 사이
선생과 학생이라는 우리 사이에는
적이라는 살벌한 말보다는
친숙함의 커튼 드리워져 있지
너의 가난한 아버지와
머리칼 쥐어 뜯겨 나가버린 어머니가
결손이나마
가정이란 말에 묶여 있는 것처럼
우린 그렇게
윤리와 관습과 다시 바뀐 교과서에
붙들려 있지, 코끼리의

다리에 묶여 있는 쇠사슬처럼
파블로프의 개처럼
그러나 개는 눈앞에 놓인
먹이의 친숙함에 침을 흘리고
코끼리는 쇠사슬과 친해질수록
사슬이 품고 있는 적의를 모르고,
눈치 한번 힐끗 보고
쪽 팔린 듯 손바닥으로 가리고 하는 네 싸인은
네 아버지의 뒤를 이어
너도 가난할 수밖에 없다는 의미이지
성적이 행복 순인 이 나라에서
아무리 입술 질끈 깨물어도
너를 놓아주지 않을 거라는 가난과의 서약이지

거대한
입
저급한 사회 8

나는 소가 슬프다
나는 돼지가 슬프다
온몸이 가죽 한 장으로 덮여 있어 슬프다
가죽 한 장의 온몸이 통째로 땅에 묻혀 슬프다
아무 말도 못하고 눈물만 흘려 슬프다
눈물도 없이 꽥 꽤액 비명만 질러 대어 슬프다
새끼가 있어 슬프다
어미가 새끼에게 젖을 물려 슬프다
소주잔만 한 눈망울이 슬프다
땅만 굽어보는 까만 눈이 슬프다
발굽이 두 개인 것이 슬프다
인공수정 하는 주사기가 슬프다
밤새도록 켜 있는 축사의 불빛이 슬프다
구유 옆 날리는 몇 송이 눈이 슬프다
문을 열면 곧바로 죽음인 것을

칠성판으로 깔리는 구덩이 속 비닐이 슬프다
이 겨울, 유난히 추운 것이
추위 속 처연히 뭉개지는 생명이
아니다 아니다
사육장에 가둬 놓고 사료 퍼 주면서
칠팔월 싱싱한 풀밭에 제초제를 뿌려 대는
인간이 슬프다
아귀아귀 먹어 대는
거대한 입들이 슬프다

사랑
한다면

저급한 사회 9

홀로 살아라
깊이로 살아라
가지 않은, 그러나 가야 할 길을
따복따복 혼자서 개체로 가라

그리하여 만나라
사랑의 통뿌리 외로움으로 만나라
졸아드는 간장 빛 그리움으로 만나라
따끈따끈한 바닷가 바위
섹스로 만나고
숫눈 내린 새벽 길 함께 걸으며 만나라

그리하여 만나라
사랑한다면
보랏빛 제비꽃 꽃잎 앞에서

쪼그려 앉아 만나고
초가을 햇볕처럼 속살 파고들며 만나라

사랑한다면
그물을 빠져 나가는 바람처럼
둑을 타고 넘는 물살처럼

세 뼘 남짓한 스탠드 불빛 아래
늦도록 서로의 영혼을 경작하고
그리하여 만나라
일생토록 혼절할 듯 만나라
사랑한다면

시멘트

저급한 사회 10

콘크리트 건물 = 시멘트의 발기한 성기

32층 고층 아파트 = 시멘트의 발기한 거대한 성기

꿈의 신도시 = 시멘트의 발기한 거대한 성기에서 나
온 우후죽순의 자식들

욕망 = 시멘트의 발기한 거대한 성기에서 나온 우후
죽순의 자식들을 소유하고픈 소망

(제 소망 간절하거던요, ㅋㅋ)

일상 = 전자파처럼 비밀번호처럼 시멘트와 친해지는
일

종교 = 더 큰 시멘트의 성소聖所를 경배하는 일

생태 환경 자연주의자 = 시멘트의 발기한 거대한 성
기에 콘돔을 씌우려는 자

달빛이 환하게 들어올리는

소돔과 고모라의 도시

〈공사중,
불편을 끼쳐드려 죄송합니다〉
팻말이 보이는가 싶었는데
어느 새 불쑥 솟아오른 시멘트
의 성기

오늘도 시멘트를 경배하는 자들이
시멘트 포대 같은 입을 쫙 열어
시멘트멘트시트멘트멘시트시……
회색의 말 쉴 새 없이 쏟아 낸다네

제
4
부

어머니

어느 이야기보다도 긴 이야기

영등포구
가리봉동

그 말은 이제 그리움, 그리움으로 남아 있는 말, 내가
학교도 가기 전 엄마에게 처음 들은 말, 그래서 지금도
서울하면 맨 먼저 떠오르는 말, 향기는 날아가고 메마른
색깔만 남은 꽃잎 같은 말

영등포구 가리봉동, 그 뒤에 따라붙던 가발공장이라
는 말, 정구 누님 필자 누님 내 동창 정희나 순례도 초등
학교 졸업 후 가 있던 곳, 배곯던 청춘들이 돈 벌던 곳,
명절 때면 대절 버스에 선물 꾸러미에 서울 멋쟁이들이
내려오던 곳

오십 넘은 나이에
가만히 되뇌어 보는 말
왠지 타향살이 몇 해던가 할 때의 그
타향살이 같은 말

그리움만 남아 있는 말
가난한 동화 속에 나온 듯한 말

그 말이 가까스로 붙들고 있는
눈보라에 하얗게 지워지던 마을
기억 속에 애처롭게 남아 있는 얼굴들

요양원
TV

시골집 마당에서 쓰러지신
아버지는 다시 일어나지 못했다
어깨뼈와 대퇴골 골절
한 달 동안 누워 있던 병실 침대가
아버지를 납작하게 빨아들였다

수직에서 수평으로
갑자기 납작해진 아버지
병문안차 자식들이 몰려가면
자다 말고 일어나
훌쭉훌쭉 울으셨다

나는 장작개비 같은 팔을 주물러주고
누님은 기저귀 잘 채져 있나 이불을 들추고
막내는 두유에 빨대 꽂아 입에 넣어드리고

홀쭉홀쭉, 쭈욱 - 쭉
두유는 들어가고 눈물은 나오는데,
침울해 하는 사이
머리맡 TV
폭력 같은 큰 웃음 크하하하 터뜨렸다

말도 감각도 잃어가는 사람 앞에
저희끼리 와글대는 무표정한 TV

다음에 다시 올 게요, 작별 인사드리면
오지 마, 뭐 하러 자꾸 온다니
아버지 다시 납작해지고
아무 것도 할 게 없던 우린
그나마 TV라도 잘 보이도록 베개 새로 놓아준 후
요양원을 나왔다

춘
몽

솜이불처럼 봄볕 따사로운 날
무덤 속에 먼저 든 어머니와
이제 막 들어온 신참내기 아버지가
생전 비 오는 날 마루턱에 앉아
조곤조곤 말하드끼 말씀하신다
여기 오시느라 고생 많았쥬? - 이
오시는디 혹 서운헌 건 없었남유? - 이
거기 요양원은 기실만 했구유? - 이
아이구 내 정신 좀 봐
맨날 여기 이렇게 누워 있다 보니께 세월 가는 줄도
몰르겄네
거기 요양원서는 몇 년이나 있었쥬? - 한 사 년 있
었어
거기 있다 여기 오니 워떠슈? - 좀 어두운 게 안 좋네
그렇쥬? 쪼끔 있으면 괜찮아질 거유

밖엔 꽃들이 한창이쥬? ─ 이

나 좋아하던 영산홍두 폈던감유? ─ 폈대

나허구 다시 만나니 워떠유? ─ 좋아

좋아유? 나는 싫은디

나는 당신두 싫구 딴 사람 마누라 되는 것두 싫구

인저부터는 민들레 꽃씨처럼 여기저기 훨훨 날아댕

기며 혼자 살구 싶은디……

     ……

     ……

내가 좋은감유? ─ 좋아

당신 기상이 말이 아녀유 ─ 그동안 앓느라구 그렇

지, 뭐

엉뎅이 욕창은 다 나섰남유? ─ 아직 좀 그려

그류, 인저 좋았던 것 맘에 걸리던 것 다 잊어버리고

애들 자는 꿈속에도 가지 말구

그냥 이대로 여기 있어유

봄에 꾸는 꿈 마냥

혼곤히 밀려드는 봄꿈 마냥유 – 그려

해
로
MBC '늘 푸른 인생'을 보고

한 합지가 운다
너무 가난해서
마당에 가마니 깔고 아이를 낳을 수밖에 없었던
아내에게 해준 게
미역국 두 그릇 끓여준 게 전부라고
그게 그렇게 평생 미안하다고

그 옆
할매가 호물짝 웃는다
지긋지긋하게 가난해서
찬 마당에 아이 낳는 설움도 겪었지만
장에 갈 때마다 합지
예쁜 색시 누가 채 가지 않나
지금도 감시하듯 졸졸 따라댕긴다고
평생 그렇게 사랑받고 산다고

그 합지 구십 서이
그 할매 팔십 여덟

다시 태어나도 암
지금처럼 함께 살으야지, 허허허
이 없는 합지 둥근 웃음에
연둣빛 새봄 살짝 번진다

마주잡은 두 손에
백 년이 묶여 있다

비닐 한 장

　시장 골목 할머니 햇오이 서너 무더기 앞에 놓고 앉았다, 좌판도 없다, 맨바닥이다, 칠십 평생 닳은 몸 오늘은 여기 배추포기처럼 앉았다, 오이 다섯 개에 이천 원, 덤으로 하나 더, 비닐봉지에 담으며 호믈짝 웃으신다, 얼굴 가득 물결치는 주름, 주름살이 할머니 하루 한때의 즐거움 꽉 붙들어 맨다, 어째 이리 날바닥이냐 하니, 날바닥은유? 여기 이렇게 장판 깔았잖유? 하여 보니 투명한 비닐 신문지 만하게 찢어 깔았다, 사람이 먹는 걸 위치게 맨바닥에 놓는대유? 그러면서 할머니 손자 얼굴 쓰다듬듯 손으로 썩썩 구겨진 비닐 판판하게 편다, 한여름 무더위 찐득거리는 시장, 이천 원 입장료 내고 할머니의 속 깊은 내전內殿에 들어갔다 나온다

山
까
마
귀

계룡산
닭 벼슬 능선에 떠 있는
山까마귀
까마귀 보고 싶네

파란 하늘
지워질 듯 가물가물 떠 있는
山까마귀

빛살처럼 흩어지던
숯 빛 울음

까악 - , 가 - 악

풍화된 뼈마디 마디 같은

그 울음
다시 듣고 싶네

실
밥

시집 원고를 정리하여
아내에게 읽어보라고 주었는데
며칠 지나도록 언급이 없다

나 아닌
최초의 독자
그의 한 마디가 참 궁금한데
아내는 잊고 있는가부다

저녁 식탁에서
넌지시 운을 뗀다
시 어땠어?
글쎄, 몇 군데 실밥이 터졌는데……

하, 실밥이라
천의무봉天衣無縫으로 지으려 한 옷에
실밥이 터졌다니

그러고 보니
매일같이 문제아들 상담에 정신이 없어
글도 못 쓰고
음악도 멀리해 온
아내의 시를 보는 공력이 나보다 높은가부다

흰
머
리
칼

노년으로 가는 장거리 고독에
은어 떼로 몰리는 시간의 빛

황
혼
무렵

해질녘 부는 바람
나 오늘 텃밭에 물 주었네
옛 추억처럼 길고 긴 고무호스 늘여
속삭임 같이 촉촉한 물 주었네

서쪽 하늘
아스라이
순금 빛 황혼 비껴 있었네

육체의 8할을 써 버린
우리들에게
영혼의 2할이 남아 있다네

불 밝히는
심지 끝

기름 같은 2할

해거름에 그림자 길게 늘이며
돌아오는 길
누군가 내 마음에 짙은 그늘 드리운다네
가만히 불러도
대답 없는 이름
하늘가로 걸어간
하얀 그 눈물

내 인생에 행복을 안겨준 사람
한낮의 빛이 땅끝에서 누울 때
풀벌레 소리 서늘히 풀잎 위에 얹힐 때
애틋한 파문으로 다가오는 사람
그리운 사람

만
남

새는 혼신의 힘으로 하늘에 구멍을 내며 날아간다
반딧불이는 제 몸보다 환한 불빛으로 어둠에 빛의 구
멍을 뚫는다
만남과 만남의 한 줄기 인연은
하늘을 나는 새의 길만큼이나 좁다
태어난 순간부터 지금까지
너를 위해 달려온 나의 시간은
반딧불이 뚫어 놓은 어둠의 구멍보다 작고 아득하다
작고 아득하여 먼 길
오래도록 풀어져 나온 서로의 길 끝에서
우린 오늘도 불꽃이 튀듯 만나고
너는 너 만한 크기로 내 안을 지나갈 것이다
네가 끌고 온
네 생애만큼이나 길고 긴 구멍이 내 안에 뚫린다

一 발문 一

수직의 언어로
사랑을 노래하다

김화선(문학평론가, 배재대 교수)

문학의 길을 묵묵히 걷고 있는 시인의 발걸음을 따라가는 일은 경건하기까지 합니다. 일정한 간격으로 이어져 있는 발자국들을 가만 살펴보면 시인이 짊어지고 있는 세상의 무게만큼이나 움푹 패여 있습니다. 그의 보폭을 따라 걸으며 시인의 어깨를 누르는 생의 무게를 가늠하고, 시인의 눈길이 머물렀을 삶의 풍경들과 마주합니다. 조재도 시인의 시를 읽는 일은 그렇게 그를 따라 천천히 주변을 살피고, 함께 걷고 있는 이들의 속도를 가늠하며, 한 발 한 발 걸음을 옮기는 일일지 모릅니다.

여기, "슬픔의 안쪽을 걸어온 사람"(그의 일곱 번째 시집 『좋은 날에 우는 사람』 중 「좋은 날에 우는 사람」)이 내려놓은 무거운 것들이 시의 언어로 고스란히 남았습니다. 시인은 시가 넘쳐나는 시대에 오히려 말을 아끼는 것으로, 사람 냄새 나는 삶의 골목길을 가리킵니다.

그의 시에는 화려한 수사 대신 차분한 진실의 언어가 있어 좋습니다. 독자를 붙들고 한껏 가다듬은 언어로 설명하지 않아 좋습니다. "숨어 사는 것들의 시린 흔적"(「가재」)을 알아보는 명민한 눈을 가진 시인의 내면에 강추위를 버티고 이듬해 발끈 떠 오른 봄 햇살의 따뜻함을 전하는 은근한 온기가 있어 더 좋습니다. 어쩌면 시를 쓰고 읽는 일은 그의 말마따나 "따뜻한 피가 돌았으면 하는 바람"(『좋은 날에 우는 사람』, 시인의 말)을 저버리지 않는 일인지도 모릅니다.

그렇게 시인을 뒤따르다 "깡깡 언 나무"의 "갈라터진 껍질 찢고 걸어 나오는 사람"(「겨울나무」)을 만납니다. 지금까지의 삶이 오히려 앞으로 살아갈 생의 그늘이라고 고백하며 아픈 기억을 내려놓고 있는 시인의 마음을 읽습니다.

그의 여덟 번째 시집 『사랑한다면』은 "상처 입은 짐승

처럼""반쯤 눈을 감고 내부를 응시"(「가을의 毒」)하며 쏟아
낸 시인의 내면 고백이며, 그리하여 "독을 견뎌"낸 시인이
세상을 향해 부르는 비장한 연가입니다. 기억의 우물에 두
레박을 던져 길어 올린 아픈 이야기들은 시가 되어 내려앉
았습니다. 그의 시를 읽는다는 건 그래서 시인이 짊어진
세상의 무게를 함께 감당하는 일이 되어 버립니다. 그건
다시 말해 시인이 내려놓은 무거움을 같이 나누며, 같이
가벼워지는 일이겠지요.

 "노년으로 가는 장거리 고독에 / 은어 떼로 몰리는 시간
의 빛"(「흰 머리칼」)을 품은 시인은 바야흐로 "죽은 이를 들
어 모실 구덩이 앞"(「봄산」)에서 어머니와 아버지의 죽음,
그리고 형의 죽음을 기억하고 있습니다. 그렇지만 시인은
그 같은 슬픔 속에서도 삶 속에 내재해 있는 행복을 저버
리지 않습니다. 그는 죽음의 구덩이 앞에서도 봄볕에 취해
깔깔대며 뛰노는 꼬마들을 바라봅니다.

 꼬마들 깔깔대며 뛰놀며 새로 돋는 만 개의 나뭇잎을 흔

들어댑니다. 까르르 깔깔, 마구마구 출렁이는 연둣빛 산.
주검을 향해 있는 노인의 지청구에 움찔하면서도 신이 났
습니다. 오늘 하루 그대로 소풍입니다

― 「봄산」 중에서

죽음의 이미지가 생명력 넘치는 생의 활력으로 전환되
는 장면이라고 할 수 있습니다. 주검을 보내는 인생의 가
장 비극적인 순간이 "개나리꽃 웃음을 문 / 아이들이 노는
곳"으로 역전되면서, 삶의 이면에 죽음이라는 끝을 알 수
없는 구덩이를 감추고 있는 인생의 비의는 도리어 살뜰한
행복감으로 가득 찹니다. 눈물을 흘리며 울음을 쏟아놓다
가 연방 눈물을 훔치며 다시 힘을 내 살아가자고 다짐하
는 어떤 이의 모습을 목격한 것만 같은 충만한 감동이 밀
려옵니다.

그리고 이런 감동은 "빈 외양간의 소처럼" 떠나간 형의
죽음을 전하는 「소 1」과 「소 2」, 「소 3」, 「소 4」에서도 반
복됩니다. '소'의 이미지는 "소의 눈처럼 / 대책 없이 눈만
큰" 형을 환기시킵니다. 잘 차린 제사상 대신 "시내 불타

는 닭갈비집에""소주만큼이나 맑고 찬 눈물"로"마음 속 제사상"(「소 4」)을 차린 시적 화자가 형을 떠나보낸 자리엔 "깊고 둥근 발자국"이 새겨졌습니다. 아픔을 떠나보낸 기억이 곧 자신의 생으로 바뀌는 순간입니다. "어머니 무덤가 향나무 심고" 형을 묻고는 "그가 떠난 자리를 견디어내는 것 / 그것이 우리에게 남은 우리들의 몫이었다"는 사실을 담담하게 받아들이며, 시적 화자는 "얄궂은 운명의 테러"를 견딥니다. 형에게 "어머니가 되어 준" 서윤기 씨와의 만남이 그러했듯이 말입니다.

이런 아픔의 기억들이 쏟아져 나온 그 자리에 비로소 시인 조재도만의 "째룽째룽 울려 나오는""언어의 속잎"(「봄산에 든 후」)이 새로이 피어납니다. 그렇게 태어난 "풀 먹인 삼베처럼 / 까끌까끌한"수직의 언어들은 "퇴화된 날개 원망하는 법 없이""죽을 동 살 동 사력을 다해 발버둥치며""위로 / 더 위로, 수직의 벼랑 기어"(「수직」) 오르는 닭들의 아픔을 어루만집니다. "솟대 끝에 매달린 새처럼 수직의 끝에 앉아 저녁 내 쏟아지는 눈발을 다 맞고 있"는 "놓아기른 닭들은" 우리 주변의 소수자들인 비정규직 노동자, 불법체류자들을 형상화한 이미지입니다. 시인 함민복이 "도시에서의 삶이란 벼랑을 쌓아올리는 일"(「옥탑방」)이라고 말했던 바와 같이, 수직의 벼랑은 위태로운 우리의 일상에 대한 비유인 것입니다.

　제3부의 「저급한 사회」 연작으로 이루어진 열 편의 시는 우리 사회를 향한 시인의 날카로운 비판의식을 보여 줍니다. 남녀차별이나 성폭력 문제, 이주노동자를 향한 편견, 가난과 제도적 폭력 등 온갖 치욕스러운 욕망이 꿈틀대는 우리 사회에 내면화 된 폭력을 여과 없이 드러냅니다. 그렇지만 조재도 시인의 시들은 인간의 난잡한 폭력을 들추어내되 그것을 '인간적인 시선'으로 응시하고 애도하는 모습을 보이는 데 그 특징이 있습니다.
　"인간이 슬프다 / 아귀아귀 먹어대는 / 거대한 입들이 슬프다"(「거대한 입」)라고 안타까워하는 시인은 슬픔을 극복하고 저급한 사회를 살아내야만 하는 수많은 사람들의 저당 잡힌 '불행'을 가슴 찡한 연가로 토해 냅니다.
　이번 시집에서 가장 주목하고 싶은 시 「사랑한다면」은

그리하여 이 시대 다중(多衆 multitude)을 위한, 다중에게 바치
는 연가라 할 것입니다.

홀로 살아라

깊이로 살아라

가지 않은, 그러나 가야 할 길을

따복따복 혼자서 개체로 가라

그리하여 만나라

사랑의 통뿌리 외로움으로 만나라

졸아드는 간장 빛 그리움으로 만나라

따끈따끈한 바닷가 바위

섹스로 만나고

숫눈 내린 새벽 길 함께 걸으며 만나라

그리하여 만나라

사랑한다면

보랏빛 제비꽃 꽃잎 앞에서

쪼그려 앉아 만나고
초가을 햇볕처럼 속살 파고들며 만나라

사랑한다면
그물을 빠져 나가는 바람처럼
둑을 타고 넘는 물살처럼

세 뼘 남짓한 스탠드 불빛 아래
늦도록 서로의 영혼을 경작하고
그리하여 만나라
일생토록 혼절할 듯 만나라
사랑한다면

－「사랑한다면 -저급한 사회 9」 전문

저급한 세상을 향해 던지는 시인의 메시지가 이토록 강
렬합니다. 간절한 외로움과 그리움을 이기고 절대고독이
라 부를 만한 경지에 서 본 개체들만이 "일생토록 혼절할 듯 만나"는 사랑을 통해 이 사회를 변화시킬 수 있는 아름다운 힘이 될 수 있을 것입니다. 거스를 수 없는 자연의 섭리가 사랑의 원칙으로 제시되며 눈물과 비명을 삼킨 사랑의 가치가 오롯이 전달됩니다. 마치 오래전 시인 김수영이 노래한 "거대한 뿌리"에서부터 세대를 넘어 면면히 이어져오고 있는 시작詩作을 목격한 것만 같습니다. 비록 "사각지대에 놓인 어둠"(「난투극」)이 "시퍼러둥둥 떠다니는 / 적의, 원한"(「개싸움」)으로 가득찰지라도 다시 용기를 내어 사랑을 할 수 있을 것만 같습니다.

시인은 이 시대를 살고 있는 우리 모두가 철저히 홀로, 깊이, 따복따복 혼자서, 가야 할 길을 걸어가, 결국엔 만나야 할 거대하고도 성스러운 임무를 지니고 있다는 사실을 일깨워 줍니다. 그것이야말로 시인이 이 시집의 마지막 시편 「만남」에서 노래한 '만남'이 갖는 참의미이기도 합니다.

시인이 말하는 사랑은 "작고 아득하여 먼 길 / 오래도

록 풀어져 나온 서로의 길 끝에서" "불꽃이 튀듯 만나"는
(「만남」) 일입니다. 그리하여 진정 사랑이란, 사랑하는 "네
가 끌고 온 / 네 생애만큼이나 길고 긴 구멍이 내 안에 뚫"
리는 일입니다. 아픔을 토해 낸 시인이 부르는 사랑의 노
래는 "혼신의 힘으로" 그의 뒤를 따라온 독자들의 가슴에
도 이렇게 "작고 아득"한 구멍을 뚫어놓습니다. 하지만 시
인을 따라 묵묵히 발걸음을 옮겨온 독자들은 알고 있습니
다. 저급한 사회를 버텨 낼 용기는 무거운 것을 내려놓고
가벼워진 바로 그 순간, 수직의 언어가 뚫고 지나간 그 구
멍을 외면하지 않고 직면하는 일에서 움튼다는 것을 말입
니다. 우리들의 '만남'이 비로소 수직의 벼랑을 견뎌 내는 힘
이 될 수 있다는 사실을 믿습니다. 시인이 언명한 대로 사랑
한다면, 그리하여 만나는 것이기 때문입니다. 이제야 사랑한
다는 것은, 만나기 위해 홀로 버티고, 따복따복 걷는 일임을
깨닫습니다. "내 안에 뚫린" "길고 긴 구멍"에서 따뜻한 바
람이 불어옵니다.